Collection folio junior

dirigée par
Jean-Olivier Héron
et Pierre Marchand

Écrivain et poète, **Blaise Cendrars** était aussi un grand voyageur, et un aventurier dans le bon sens du terme : à dix-sept ans, il est à Moscou ; pendant la Première Guerre mondiale, il s'engage dans la Légion étrangère. Et il fait tous les métiers.

Tout cela se retrouve dans son œuvre en prose : *L'Homme foudroyé, La Main coupée, L'Or,* etc. Et la poésie n'échappe pas à son immense curiosité de la vie (« Le seul fait de vivre, disait-il, est un véritable bonheur ») : son œuvre en ce domaine est continuellement à la recherche de nouvelles techniques.

Il avait aussi un grand amour pour l'enfance, comme vont vous le montrer les *Petits contes nègres* que vous allez lire maintenant. Blaise Cendrars est le pseudonyme de Frédéric Sauser. Il est né en Suisse en 1887, et est mort à Paris, en 1961.

Combien de livres **Jacqueline Duhême** a-t-elle illustrés jusqu'à ce jour ? Voilà une question à laquelle il est bien difficile de répondre.

On trouve son nom aux côtés de ceux de Paul Éluard, Jacques Prévert, Raymond Queneau, Claude Roy, Anne Philipe, Miguel Angel Asturias... On trouve aussi son nom au palmarès de nombreux prix récompensant les meilleurs illustrateurs.

Peintre, Jacqueline Duhême a participé à des expositions dans divers pays. Et elle est aussi l'auteur de tapisseries qu'elle expose souvent. Jacqueline Duhême est née à Versailles, en 1927. Elle est entrée à l'École des Beaux-Arts de Clermont-Ferrand à l'âge de treize ans, et a été aide d'atelier chez le peintre Henri Matisse.

Blaise Cendrars

Petits contes nègres pour les enfants des blancs

Illustrations de Jacqueline Duhême

Denoël

J. Duhéme

A
DANIE
EN ÉCHANGE DE SON PINGOUIN
ET A
CLAUDE
POUR SON PETIT POUSSIN,

CES HISTOIRES

QUE SE RACONTENT LES GRANDS ENFANTS

D'AFRIQUE

POUR S'AMUSER

LA NUIT

AUTOUR DU FEU

ET

NE PAS

S'ENDORMIR

A CAUSE DES BÊTES

QUI

RÔDENT.

VOTRE AMI BLAISE, LE POÈTE,
ET SON CHIEN
BLANC.
(Et à Henry, mon mousse, le Commandant.)

Totems

Mézou, méniamour, mémvèye méniamour mézé méniamourzé.

Ainsi que me le disait un vieux chef bétsi, nommé Etiïtiï, une nuit que nous parlions ensemble des origines lointaines de sa race, sur laquelle, grand voyageur, il me donnait de curieux détails : « Un homme raisonnable ne peut parler de choses sérieuses à un autre homme raisonnable : il doit s'adresser aux enfants. »

— Père, lui demandai-je, ton totem est-il le plus fort de tous ?

— Oh ! me dit-il, les protecteurs ne se battent pas entre eux : ainsi le totem Mvoul (l'antilope) est aussi fort que le totem Nzox (l'éléphant).

— Mais, père, protègent-ils tous de la même façon ? sont-ils tous aussi efficaces ?

— Oh ! cela non ! Le père de toute la race, tu le comprends bien, protège bien davantage : il est jaloux de ses enfants.

— Et quel est ce père de la race ?

— Oh ! tu le sais bien, c'est le plus vieux de tous, voyons !

— Et quel est ce plus vieux ?

— Oh ! pourquoi veux-tu me tromper ? Tu sais bien que le plus vieux de tous, c'est le père Crocodile, Ngan. Ngan est de beaucoup le plus vieux protecteur de la tribu, de beaucoup. Ngan pourrait « manger » tous les autres.

— Mais pourquoi n'avez-vous pas tous ce même protecteur ? Vous seriez beaucoup plus unis !

— Oh ! Cela n'est pas possible. Tous tes enfants, à toi, ont-ils tous la même tête ? et que dis-tu de leur intelligence ? Et les arbres de la forêt sont-ils tous les mêmes ? les uns ont des fruits bons à manger, les autres n'en portent pas, et pourtant ce sont tous des arbres ! Ainsi des protecteurs de la tribu ! Mais celui de la race, celui qui passe au-devant de tous les autres, le Grand-Père, celui qui est le plus jaloux de ses petits-enfants, l'Ancêtre à tous, le plus proche parent de chacun, c'est... c'est...

— Père, qui est-ce ?

— Oh ! c'est Osûsû le Ngan-Esa.

— Cela veut dire ?

— Oh ! demande aux enfants, petit.

— Et où est-il ?

— Oh ! demande aux enfants, voyons, à tous les enfants.

Pourquoi personne
ne porte plus le caïman
pour le mettre à l'eau

Bama, le caïman dit :

— J'ai faim !

Et il sortit de l'eau avec ses petits pour aller chercher quelque chose à manger.

Aussitôt l'eau se retira loin derrière eux.

Ils bâillaient tous de faim sur la terre, la gueule ouverte, le vieux Bama et ses petits caïmans.

Craque ! croque ! ils faisaient claquer leurs mâchoires.

Un chasseur vint à passer.

Il dit :

— Bama, comment es-tu sorti de l'eau ?

Le caïman dit :

— J'étais venu me promener, me promener avec mes petits, et voilà que l'eau a baissé et s'est retirée loin derrière nous. Craque ! croque ! J'ai faim !

Le chasseur dit :

— Si tu n'étais un ingrat, j'irais te mettre à l'eau, toi et tes petits.

— Oh ! oui, dit Bama, porte-nous vite dans l'eau, moi et mes petits.

Le chasseur fit une corde avec l'écorce fibreuse d'un arbre et il lia le caïman pour le porter sur sa tête. Il attacha aussi tous les petits par la queue pour les porter plus facilement sur le bord du fleuve.

Arrivé au bord de l'eau, le chasseur demanda :

— Bama, faut-il te déposer ici ?

Le caïman répondit :

— Avance un peu.

L'homme fit trois pas dans l'eau, et dit :

— Bama, faut-il te déposer ici ?

Le caïman répondit :

— Avance encore un peu.

L'homme fit encore trois pas. Il avait déjà de l'eau jusqu'à mi-jambe. Il dit :

— Caïman, Caïman, faut-il te déposer ici ?

Bama dit :

— Avance encore un peu.

L'homme fit encore trois pas. Il avait de l'eau jusqu'à mi-cuisse. Il se mit à crier :

— Caïman, Caïman, faut-il te déposer ici ?

Bama dit :

— Oui, dépose-moi là.

Le chasseur le déposa dans l'eau, le délia, lui et ses petits.

Aussitôt le caïman le saisit par le pied :

— Enfin, je te tiens, dit-il. Quel beau morceau ! J'ai faim. C'est toi que je mangerai.

— Lâche-moi donc ! criait l'homme.

— Non, je ne te lâcherai pas, disait Bama. Je vais calmer ma faim.

— Lâche-moi donc ! criait l'homme en se débattant.

Mais Bama et ses petits le tenaient ferme.

Alors le chasseur dit :

— Bama, je prétends que tu es ingrat.

Et il se tint coi. Il avait déjà de l'eau jusqu'au ventre.

Le chasseur resta immobile et ne dit plus rien.

Un petit lièvre vint à passer.

Il dit :

— Chasseur, que restes-tu planté là ?

L'homme répondit :

— C'est Bama qui me tient.

Le petit lièvre demanda encore :

— Pourquoi le caïman t'a-t-il pris ?

L'homme dit très vite, car il commençait à avoir peur :

Bama et ses petits

le chasseur porte Bama

— J'étais allé sur le bord du fleuve. L'eau avait baissé et s'était retirée bien loin. Le caïman et ses petits étaient à sec. Ils étaient bien ennuyés. Je leur ai dit :

« — N'était votre ingratitude, je vous porterais tous pour vous déposer dans l'eau.

« Le vieux m'a dit de les porter. J'ai répondu :

« — Je ne vous porte pas, vous me mangeriez.

« Le vieux m'a dit :

« — Nous ne te mangerons pas.

« Alors je les ai pris et mis à l'eau, et le vieux m'a attrapé par le pied et les autres me tirent par les jambes. Et maintenant je leur crie :

« — Lâchez-moi ! Mais lâchez-moi donc !

Bama veut manger le chasseur

le lièvr

le chasseu tua Bama

« Et ils me répondent :
« — Non, nous ne te lâcherons pas !
« Tu trouves que c'est juste, toi ? »
Le petit lièvre dit :
— Tu as pu porter le gros caïman sur ta tête ?
Le chasseur répondit :
— Oui, le gros.
— Avec tous ses petits ?
— Avec tous ses petits.
— Tu as pu les porter jusqu'au fleuve ?
— Je l'ai pu.
— Je n'en crois rien, dit le petit lièvre.
Et il demanda en criant :
— Bama, c'est vrai, ce qu'il dit ?

17

Le caïman répondit :

— C'est la vérité.

Le petit lièvre dit à l'homme :

— Tu sais, je n'en crois rien, si tu ne les portes devant moi.

Et il cria au caïman :

— Bama, tu veux bien qu'il te porte encore une fois sur la tête ?

Le caïman répondit :

— J'y consens bien volontiers.

Alors le chasseur lia le gros caïman avec sa corde pour le porter encore une fois sur sa tête, et il rassembla aussi tous les petits pour les attacher par la queue et les porter ainsi plus facilement à l'endroit où il les avait rencontrés la première fois, bien loin, hors de l'eau, loin de la rive.

Arrivé là, il allait les délier pour les remettre à la même place, quand le petit lièvre lui dit :

— Tue-les, nigaud, et mange-les !

L'homme tua Bama et tous les petits du caïman. Il emporta la chair à la maison et raconta ce qui lui était arrivé.

Depuis, personne ne porte plus le caïman pour le mettre à l'eau.

C'est un ingrat.

Le chant des souris

Ecoutez, écoutez tous le chant des souris ; il est triste et vous remplit de mélancolie ; mais il vous tourne la tête aussi, à gauche et à droite, en haut et par-derrière, si bien que l'on se met à danser. Oh ! vous tous, n'écoutez, n'écoutez pas trop le chant des souris !...

Il était une fois...

C'était un pauvre cultivateur qui s'en allait cultiver son champ. Il s'en allait tous les matins, la houe sur l'épaule. Mais au lieu de labourer son champ, il s'arrêtait en chemin pour faire des trous dans les endroits où les souris creusent leurs longues galeries souterraines, et il collait son oreille au trou pour écouter ce qui se passe sous terre.

Dès qu'une souris venait voir ce qu'il faisait là, le bonhomme l'attrapait et l'assommait.

Il en tua ainsi plus de mille ; il les assommait, mais il ne les mangeait pas.

Alors le peuple des souris commença à se lamenter. Toutes les souris se réunirent ensemble et se mirent à chanter un refrain, un beau refrain qui disait :

Nous sommes toutes mortes cette année-ci,
Où nous réfugierons-nous, pour vivre enfin en famille ?

Et elles chantaient, tantôt de tristesse, tantôt de joie.

En les entendant, le laboureur se mettait à danser en rond. Il dansait, tantôt de joie, tantôt de tristesse, selon les paroles, les paroles de la chanson.

Il dansait, à gauche, à droite, en l'air et en arrière.

Un jour, sa femme lui demanda où il en était de son travail. Elle découvrit alors qu'il n'avait pas labouré du tout.

Le lendemain matin, elle le suivit. L'homme s'en allait, la houe sur l'épaule. La femme se cacha pour voir ce qu'il faisait tout le long du jour. Mais au lieu de labourer, l'homme creusait des trous pour écouter ce qui se passe sous terre et, dès qu'une souris venait voir ce qu'il faisait là, il l'attrapait et l'assommait. Alors toutes les souris se mettaient à pleurer et à chanter la belle chanson qui dit :

Nous sommes toutes mortes cette année-ci ;
Où nous réfugierons-nous pour vivre enfin en famille ?

Et, les entendant, l'homme se mettait à danser : il dansait à droite, il dansait à gauche, il sautait en l'air, il retombait en arrière, il dansait en rond, tantôt plein de joie, tantôt plein de tristesse, selon les paroles, les belles paroles de la chanson.

Sa femme, qui ne comprenait rien à ce manège, constata que l'homme foulait les cultures : il piétinait les champs de riz, il piétinait les champs de mil, et, en sautant, il donnait de grands coups de pied dans les patates ; même l'herbe était toute pilée par son mari qui dansait en rond.

Alors la femme se mit en colère. Elle sortit de sa cachette et lui dit :

— Ah ! c'est ainsi que tu me viens en aide, toi ? Ah ! c'est ainsi que tu laboures ton champ ? Eh bien ! J'en ai assez de travailler pour toi et de t'entretenir pour ne rien faire. Adieu, fainéant !

Elle lui donna un soufflet et disparut en criant encore une fois :

— Adieu !

L'homme revint à lui. Il était tout seul.

Quand il rentra, le soir, à la maison, le feu n'était pas allumé.

Alors il s'assit dans les cendres et se mit à pleurer, en disant :

— Qui donc, mais qui donc va maintenant me faire ma soupe ?

L'oiseau
de la cascade

Il y avait une fois un enfant qui plaça un piège sous une racine et prit un oiseau, un bel oiseau, l'oiseau de la cascade.

Bien.

Il le plume, le cuit, le mange.

Bien.

Quand il l'a mangé, il revient, remet le piège sous la même racine, et reprend encore le même oiseau, l'oiseau de la cascade. Alors il court à la maison pour le mettre en cage ; mais sa mère le renvoie aux champs surveiller les semailles.

L'enfant lui dit :

— Mère, fais-moi rôtir cet oiseau.

— Oui, lui dit-elle.

L'enfant retourne aux champs et fait rouler son tambour pour effrayer les autres oiseaux.

Bien.

Pendant ce temps-là, la mère tue l'oiseau, le bel oiseau, le plume, le fait rôtir et le mange elle-même, sans en rien laisser. Quand l'enfant revient, il lui réclame l'oiseau.

— Je l'ai mangé, lui dit-elle.

Alors il crie.

Bien.

— Mère, donne-moi l'oiseau, l'oiseau que j'ai tué sous la racine, près de la cascade, sous la racine.

Sa mère lui donne du maïs.

Bien.

L'enfant va cacher son maïs sur un tronc d'arbre, tout en haut, dans le creux d'un arbre mort, et, quand les termites l'ont mangé, il leur dit :

— Termites, donnez-moi mon maïs ! Donnez-moi le maïs que ma mère m'a donné. Ma mère a mangé l'oiseau que j'avais tué sous la racine, près de la cascade, sous la racine.

Les termites lui font des pots de terre.

Bien.

L'enfant emporte les pots de terre. Il va les placer dans la rivière, sous la chute d'eau, pour l'épuiser. Mais quand la chute d'eau a brisé ses pots de terre, il lui dit :

— Chute d'eau, donne-moi mes pots de terre !

Donne-moi les pots de terre que les termites ont faits pour moi. Les termites ont mangé le maïs que ma mère m'avait donné. Ma mère a mangé l'oiseau que j'avais tué sous la racine, près de la cascade, sous la racine.

La chute d'eau lui donne un poisson.

Bien.

L'enfant tient le poisson à la main et, comme un faucon le lui enlève, il crie :

— Faucon, donne-moi mon poisson ! Donne-moi le poisson que la chute d'eau m'a donné. La chute d'eau a brisé les pots de terre que les termites avaient faits pour moi. Les termites ont mangé le maïs que ma mère m'avait donné. Ma mère a mangé l'oiseau que j'avais tué sous la racine, près de la cascade, sous la racine.

Le faucon s'arrache une plume.

Bien.

— Cette plume est à moi, dit l'enfant.

Mais le vent la lui emporte. Alors l'enfant lui dit :

— Vent, donne-moi ma plume ! Donne-moi la plume que le faucon s'est arrachée pour moi. Le faucon a mangé le poisson que la chute d'eau m'avait donné. La chute d'eau a brisé les pots de terre que les termites avaient faits pour moi. Les termites ont mangé le maïs que ma mère m'avait donné. Ma mère a mangé l'oiseau que j'avais tué sous la racine, près de la cascade, sous la racine.

Le vent fait tomber pour lui quelques noix de coco.

Bien.

Quand l'enfant veut ramasser les noix, un gros babouin les lui mange.

L'enfant hurle.

Il lui dit :

— Babouin, donne-moi mes noix que le vent a fait tomber. Le vent a emporté la plume que le faucon s'était arrachée pour moi. Le faucon a mangé le poisson que la chute d'eau m'avait donné. La chute d'eau a brisé les pots de terre que les termites avaient faits pour moi. Les termites ont mangé le maïs que ma mère m'avait donné. Ma mère a mangé l'oiseau que j'avais tué sous la racine, près de la cascade, sous la racine. On ne peut même plus s'amuser !

Bien.

Le babouin lui dit en éclatant de rire :

— Moi, je n'ai rien à te donner.

Alors l'enfant l'attrapa avec une corde et l'emporta vite à la maison pour le manger.

C'était bien son tour !

Mais le feu était éteint. La maison était vide. Sa mère n'était pas là. Elle s'était noyée dans la rivière, où il y avait un bel oiseau, l'oiseau de la cascade, qui chantait...

Alors l'enfant partit placer un piège sous la racine, près de la cascade, sous la racine.

Et il prit un bel oiseau.

Bien.

Mais l'enfant se réveilla.

Il avait rêvé.

Alors il se mit à faire rouler son tambour pour effrayer les autres oiseaux, tous les oiseaux qui tombaient du ciel pour dévorer les semailles.

— Oh ! qu'il fait chaud, dit-il.

Quel sot métier !

Il y avait dans un grand village un homme qui dressait des singes et un homme qui dressait un daim. Ils ne savaient faire autrement pour passer le temps. Ils ne travaillaient pas, non, mais quel sot métier ! L'un dressait des singes et l'autre dressait un daim ; et ils ne savaient comment faire pour manger tous les jours : car ils étaient pauvres tous les deux et chacun perdait son temps, l'un en dressant des singes, l'autre en dressant un daim.

Un jour, ces deux hommes se rencontrèrent et ils devinrent amis, de bons amis.

Ils riaient.

Le propriétaire des singes dit à l'autre :

— Viens chez moi, tu verras mes singes.

L'autre alla chez lui et trouva que les singes n'étaient pas là.

— Ami, dit-il, où sont-ils allés ?

— Ils sont allés manger.

— Les veinards ! Appelle-les pour voir...

L'homme les appela. Ils vinrent tous à son appel et leur maître dit, en se rengorgeant d'orgueil :

— Tiens, voilà mes singes.

— Ah ! si je les avais rencontrés dans la forêt, je leur aurais tiré dessus, tellement ils ont une bonne mine, dit le visiteur. Ah ! si seulement j'avais des flèches ! Ce que j'ai faim, ce que j'ai faim ; j'ai envie d'en tuer un !

— Ami, dit le maître des singes, ne parle pas si fort, ils t'écoutent !

À ces mots, les singes partirent tous d'un seul bond et allèrent se cacher au fond de la forêt.

Le visiteur dit :

— Viens chez moi, tu verras le daim que j'ai dressé.

L'autre y alla, trouva le daim et dit :

— Qu'il est beau ! Si seulement j'avais un javelot ! Ami, c'est de la viande que tu me présentes à manger ?

À ces mots, le daim s'enfuit en bondissant et courut se cacher au fond de la brousse.

— Tu as fait fuir mon daim avec tes paroles inconsidérées, dit le propriétaire du daim.

— Et toi, tu as fait se sauver mes singes en ne

sachant pas retenir ta langue, dit le propriétaire des singes.

— Tais-toi bavard !

— Tais-toi envieux !

— C'est toi qui as commencé !

— Non, c'est toi !

— Non, c'est toi !

— C'est toi !

— C'est toi !

— Toi !

— Toi !

Et les deux hommes de s'empoigner et de commencer à se battre. Bing ! Ils roulent tous les deux dans un marigot en se traitant mutuellement de voleur.

Les gens du village les menèrent tous deux devant le roi.

Le roi demande :

— Qui a commencé ?

Puis, sans leur laisser le temps d'ouvrir la bouche, le roi dit encore :

— Il est juste que chacun rembourse l'autre.

Or, les deux hommes n'avaient rien. Alors, ils se remboursèrent en bière.

Chacun rentra dans sa hutte : chacun se mit à brasser de la bière. Puis chacun invita l'autre et, tantôt chez l'un, tantôt chez l'autre, ils se firent mutuellement des visites, où chacun buvait la bière de l'autre avec beaucoup de cérémonies. Cela dura huit jours. Ils burent tant de « dolo », qui est une petite bière aigre, que les deux hommes redevinrent amis.

L'affaire était finie. Ils étaient très contents d'eux-mêmes.

Le premier dit :

— Quel sot métier que le nôtre !

— Oui, dit le second, c'est un métier bien sot !

Enfin d'accord, ils tombèrent dans les bras l'un de l'autre pour se donner l'accolade.

Et ils se remirent à boire de la bière aigre.

Ils riaient, et ils se demandaient l'un à l'autre en riant de plus belle :

— Qu'allons-nous faire, maintenant ? Qu'allons-nous faire ?

— Moi, je ne sais pas travailler.

— Moi non plus, répondit l'autre.

Comme c'est drôle !

Ils riaient en se tenant le ventre !

Depuis, ils sont inséparables. On les rencontre partout dans le village ; mais ils n'entrent pas dans les cases des hommes, ils restent dehors et rient fort en s'en allant, l'un soutenant l'autre ou, alors, tous les deux vont s'adosser à la clôture du parc aux bœufs. Ils sont encore plus pauvres et plus misérables qu'autrefois. Ils vivent avec les mouches. Tous les deux sont satisfaits.

Quel sot métier !

Le mauvais juge

Un jour, raconte-t-on, il se passa ce qui suit :

La souris avait grignoté les vêtements du tailleur. Le tailleur alla trouver le juge, qui était pour lors le babouin, toujours en train de dormir. Il le réveilla pour se plaindre de la façon suivante :

— Babouin, ouvre tes yeux ! Tiens, regarde, voilà pourquoi je viens te réveiller, il y a des trous partout ! C'est la souris qui a déchiré mes vêtements ; mais elle dit que ce n'est pas vrai, elle accuse le chat. Le chat, lui, proteste malicieusement de son innocence et prétend que c'est le chien qui doit l'avoir fait. Le chien nie tout et affirme que c'est le bâton qui l'a fait. Le bâton rejette la faute sur le feu et soutient :

« — C'est le feu, le feu, qui l'a fait, le feu !

« Le feu ne veut rien savoir :

« — Non, non, non, ce n'est pas moi, c'est l'eau ! se contente-t-il de dire.

« L'eau feint de tout ignorer de cette histoire, elle insinue pourtant que c'est l'éléphant le coupable. L'éléphant se fâche et met tout sur le compte de la fourmi. La fourmi devient rouge, court partout, bavarde, ameute tout le monde, et eux tous de s'entre-quereller et de crier si fort que je n'arrive pas à savoir qui, mais qui a déchiré mes vêtements ! On me fait perdre mon temps, on me fait aller, venir, courir, attendre, patienter, discuter, pour, finalement, me renvoyer sans me payer. O Babouin ouvre tes yeux et regarde ! Il y a des trous partout ! Que vais-je devenir ? Maintenant je suis ruiné ! se lamentait le tailleur.

Il n'avait pourtant pas grand-chose à perdre, le tailleur, car c'était un pauvre homme qui avait une grande femme maigre à la maison et beaucoup de petits enfants, des garçons et des filles, et une méchante vieille qui se tenait toujours devant sa porte, ce n'était pas sa grand-mère, non, ni la mère de sa femme, ni une étrangère, elle était bien de la famille — c'était une vieille sorcière qui s'était emparée de lui et des siens et qui les tourmentait beaucoup, elle avait de longues dents et une lame de couteau dans le dos qui lui servait d'échine — et elle s'appelait la Faim. La Faim habitait devant sa porte et, plus le tailleur travaillait, plus la Faim lui prenait tout, elle entrait chez lui sans vergogne, vidait ses calebasses et ses pots, battait ses enfants, se chamaillait avec sa femme, se disputait avec lui, si bien que le pauvre tailleur ne savait plus où donner de la tête. Et voilà que maintenant la souris venait de grignoter tous les vêtements des clients et qu'il ne restait que des trous !

Vraiment, c'était un pauvre homme que le tailleur et il était bien découragé ; c'est pourquoi il était venu réveiller le juge, qui était pour lors le babouin, toujours en train de dormir.

— O Babouin, ouvre tes yeux et regarde, il y a des trous partout !

Le babouin se tenait droit. Il était gros et gras, et tout luisant de santé. Il écoutait le tailleur en se caressant le poil. Il avait prodigieusement envie de se rendormir. Néanmoins, il convoqua les gens du procès. Il avait hâte d'en finir pour reprendre son somme.

La souris vint accuser le chat ; le chat, désigner le chien ; le chien, crier après le bâton ; le bâton, indiquer le feu ; le feu, se retourner contre l'eau ; l'eau, charger l'éléphant ; l'éléphant, en colère, rejeter tout sur le dos de la fourmi ; et la fourmi, elle vint aussi la fourmi, la fourmi rouge de rage, la fourmi mauvaise langue, elle vint envenimer l'affaire. Elle allait, venait, gesticulait, racontant des potins, des commérages, des calomnies, montant les uns contre les autres, compromettant tout le monde, sans oublier naturellement de plaider pour elle-même non-coupable.

Ce fut un beau tollé ! Tout le monde criait à la fois, et la confusion était telle, et la fourmi se démenait tellement que le babouin en avait le vertige. Déjà il allait pousser tout le monde dehors pour aller rejoindre son somme et dormir tranquille dans sa case, quand le tailleur le rappela à son devoir de juge, en criant plus fort que tous :
— O Babouin, ouvre tes yeux, et regarde, il n'y a que des trous partout !

Le babouin était fort ennuyé. Que devait-il faire ? Et que cette affaire était compliquée ! Et puis, il avait tellement sommeil, une si prodigieuse envie de se rendormir. Ces gens auraient bien pu le laisser en paix et régler leur affaire eux-mêmes. Il se tenait droit. Il était gros et gras, et tout luisant de santé. Il regardait tout le monde en se caressant le poil. Il ne songeait qu'à reprendre son somme.
Alors il dit :
— Moi, Babouin, juge suprême de tous les animaux et des hommes, je vous ordonne : punissez-vous, vous-mêmes !

« Chat, mords la souris !
« Chien, mords le chat !

« Bâton, frappe le chien !

« Feu, brûle le bâton !

« Eau, éteins le feu !

« Eléphant, bois l'eau !

« Fourmi, pique l'éléphant !

« Sortez ! J'ai dit. »

Les animaux sortirent et le babouin alla se coucher. Et, depuis ce temps-là, les animaux ne peuvent plus se supporter. Ils ne pensent plus qu'à se faire du mal.

La fourmi pique l'éléphant.
L'éléphant boit l'eau.
L'eau éteint le feu.
Le feu brûle le bâton.
Le bâton bat le chien.
Le chien mord le chat.
Le chat mange la souris.
        Etc...

Mais le tailleur ? me direz-vous, le tailleur ? Qui paya le tailleur pour les vêtements déchirés ?

Ah ! oui, le tailleur ?

Eh bien ! le babouin l'avait oublié, tout simplement ; c'est pourquoi l'homme a toujours faim.

Il a beau travailler, le babouin dort toujours.

L'homme attend toujours justice.

Il a toujours faim.

Mais aussi, quand le babouin veut sortir de chez lui, vite il se met à courir à quatre pattes pour que l'homme ne le reconnaisse pas. C'est pourquoi, depuis ce temps-là, on le voit toujours courir à quatre pattes.

De par son jugement insensé, il a perdu la faculté de marcher debout, droit debout.

Possible-Impossible

Il est un pays qui est le pays des orphelins. Il est un peuple qui est le peuple des orphelins. Il est un roi qui est le roi des orphelins. Ce n'est pas un ogre comme la plupart des rois de la terre, non, c'est un sage. C'est un tout petit enfant qui n'a pas encore un an.

Et voici comment tout cela advint :

Il était un tout petit oiseau, pas plus grand qu'un roitelet qui voltigeait dans les clairières et qui chantait :

Tiara-tiô !

Quand il chantait, il ne se passait rien, car le petit oiseau ne pensait à rien de mal. Il n'avait besoin de rien. Il se contentait de voltiger dans les clairières et de chanter :

Tiara-tiô, ndiorô-ndiorô-ndiorô !

Un jour, un chasseur le surprend, le met en joue et tire son arc. Mais le petit oiseau va se percher sur la flèche et dit :

— Laisse-moi donc, chasseur. Je ne suis qu'un petit oiseau magique. Tiens, voici les foulées de l'éléphant et les traces de l'antilope. Suis-les et tu feras bonne chasse !

— Possible ! mais c'est toi que je veux, repartit l'entêté chasseur.

— Eh bien ! mon ami, tu perds ton temps, tu ne m'auras jamais, dit le petit oiseau. Maintenant, je m'appelle Possible ! Impossible ! Possible !

Et pour faire une niche au chasseur, il se laissa prendre à la main.

— Oh ! oh ! fit le chasseur, tu vois ? Hein ! qui est le plus fort ?

— *Ndiorô-ndiorô-ndiorô !* fit Possible-Impossible. Ce n'est pas fini.

— Comment, tu récrimines encore ? Tiens ! Et le chasseur lui coupa le cou.

— *Ndiorô-ndiorô-ndiorô !* fit Possible-Impossible. Ce n'est pas fini.

Alors le chasseur le pluma, mais Possible-Impossible fit encore :

— *Ndiorô-ndiorô-ndiorô !* ce n'est pas fini !

— Eh bien ! c'est ce que nous allons voir, dit le chasseur en l'attachant à sa ceinture : ma femme et mes enfants te mangeront.

Quand il arriva à l'entrée du village, le chasseur rencontra un de ses amis qui lui dit :

— Ta femme et tes enfants sont morts !

— Qui est-ce qui les a tués ? demanda le chasseur.

— Ils ont eu la colique...

— *Ndiorô-ndiorô-ndiorô !* fit Possible-Impossible. Ce n'est pas fini.

Le malheureux chasseur ne répondit pas, mais quand il fut chez lui, il coupa l'oiseau en petits morceaux et le mit dans une marmite sur un grand feu. Possible-Impossible chantait en sourdine :

— *Ndiorô-ndiorô-ndiorô !* ce n'est pas fini !

Après plusieurs heures de cuisson, le chasseur tâta de la viande, elle était aussi dure que crue. Possible-Impossible chantait en sourdine :

— *Ndiorô-ndiorô-ndiorô !* ce n'est pas fini !

Des voisines, venues le matin chercher du feu, revinrent le soir pour le même motif. La marmite était toujours à la même place, sur le grand feu. De l'intérieur de la marmite venait une voix qui chantait en sourdine :

— *Ndiorô-ndiorô-ndiorô !* Je suis Possible. Je suis Impossible. Je ne veux pas cuire ! Ce n'est pas fini !

Les femmes se sauvèrent épouvantées et, bientôt, tout le village sut que le chasseur avait une marmite qui parlait.

Couvert de honte, le chasseur comprit enfin que

l'oiseau ne cuirait pas et il s'empressa d'aller le jeter dans la forêt, à l'endroit même où il l'avait pris.

Hélas ! ce ne fut pas un petit oiseau qui sortit de la marmite, mais bien une immense bête, avec une gueule épouvantable. Cette bête avala le chasseur, puis, se dressant sur ses pattes, mangea la lune.

Il faisait nuit noire.

Alors, la « bête-qui-fait-peur » se mit à marcher. Elle faisait plus de bruit que le tonnerre avec sa queue longue de cent coudées. Quand elle arrivait dans une forêt, elle avalait la forêt, et quand elle arrivait au bord d'un fleuve, elle avalait le fleuve. Rien ne l'arrêtait, elle passait partout. Quand elle arrivait devant une montagne, elle avalait la montagne. Elle avala le lac, puis la plaine et ne fit qu'une lampée du marigot et de tous les pots cassés qui étaient dedans ; enfin, elle se trouva dans le village des hommes et, comme les coqs allaient se mettre à chanter pour donner l'alarme, elle avala tous les coqs. Elle n'en fit qu'une bouchée. Alors, elle redevint un oiseau, mais un gros oiseau, un gros oiseau de nuit, gris cendré, qui alla se percher sur le baobab, au beau milieu du village.

A l'aube, quand les hommes sortirent de leurs cases, ils virent ce gros oiseau de nuit perché sur le baobab. Ses yeux étaient fermés, mais son bec grand ouvert. Il se tenait immobile. Seul son cou se gonflait, se vidait, et sa gorge résonnait comme un tambour :

Ndiorô-ndiorô-ndiorô !

La première fois qu'il fit « Ndiorô ! » les troupeaux défoncèrent l'enceinte d'épines où ils étaient parqués pour venir se précipiter dans son bec grand ouvert.

La deuxième fois qu'il fit « *Ndiorô !* » les cases, et tout ce qu'elles contenaient, les pots, les calebasses, les marmites se mirent à courir pour venir se précipiter dans son bec grand ouvert.

La troisième fois qu'il fit « *Ndiorô !* » les hommes, avec leurs femmes et leurs enfants, et tout ce qu'ils possédaient comme armes et bagages, devinrent fous, se mirent à tourner en rond pour venir se précipiter dans son bec grand ouvert.

Le grand oiseau avala tout, puis il ouvrit les yeux.

Le monde était désert. Il avait tout mangé. Il sauta encore du baobab pour aller picorer une cuillère à pot que quelqu'un avait perdue. Il trouva encore un chien malade, une vieille natte et un petit poussin de pintade. Il avala tout. Il y avait encore des braises dans la cendre. Il avala tout, tout. Il y avait encore un peu de fumée qui montait. Il avala la fumée. Il ne restait plus rien, non, plus rien.

Alors il remonta sur son perchoir et se tut.

Rien ne bougeait.

Tout à coup l'oiseau entendit un tout petit bruit.

Petit-bruit-petit-bruit. Qu'est-ce-qui-crie ? Qu'est-ce-qui-dit ? Petit-bruit-de-cri-cri !

L'oiseau ouvrit un œil.

C'était un tout petit enfant qui geignait.

On l'avait oublié. Il était tout nu. Seul au monde. Il gigotait.

L'oiseau sauta du baobab pour le manger. Mais une grosse sauterelle poussa d'un coup de tête le

petit enfant dans un trou de rat. L'oiseau avala la sauterelle, mais ne put attraper l'enfant qui avait roulé au fond du trou. Le trou était trop petit, l'oiseau ne pouvait y enfoncer son gros bec.

Alors l'oiseau remonta sur son perchoir et ne dormit plus que d'un œil.

Rien ne bougeait.

O-là-ho !-ça-clapote-ça-tapote-   Qui-travaille ?-Que fait-on ?-   Ho-là-haut !

L'oiseau ouvrit l'autre œil.

C'était encore le même petit enfant. Il avait déjà trois mois. Il était assis au sommet d'une termitière.

On l'avait oublié. Il était tout nu. Seul au monde. Il gigotait.

L'oiseau sauta du baobab pour le manger. Mais un fort termite poussa d'un coup de tête le petit enfant en bas de la termitière. L'oiseau avala le termite, la termitière, mais ne put attraper l'enfant qui avait roulé au fond d'un terrier. L'ouverture était trop étroite, l'oiseau ne pouvait y faire entrer son gros bec.

Alors l'oiseau remonta sur son perchoir et ne dormit plus du tout.

Rien ne bougeait.

Patapoum - tiraille - donc - gong - de - fer - ahan !-ahan !-Que-forge-t-on ?-Qui-frappe-fort ?-patapoum !

L'oiseau cligna des deux yeux.

C'était encore le même petit enfant. Il avait déjà six mois. Il travaillait dans une forge.

L'oiseau hérissa ses plumes de colère.

— Quoi ?

On martelait du fer.

— Quoi ? quoi ? En plein midi.

Un peuple de larves aveugles s'affairait tout autour de la forge. Des milliers de vers sortaient par toutes les fissures du sol. Tous charriaient du minerai et du charbon. Il y en avait déjà un gros tas. Un gros tas.

L'oiseau sauta du baobab. Il se mit d'abord à manger tous les vers, toutes les larves, mais il eut fort à faire, car il y en avait beaucoup, beaucoup.

Quand il voulut attraper l'enfant, l'enfant était dans la forge. Alors l'oiseau mangea la forge. Il eut beaucoup de mal, car il y avait beaucoup de fer, beaucoup de fer, des gros morceaux et de la limaille, beaucoup, beaucoup.

Quand il voulut attraper l'enfant, l'enfant courut se cacher dans le tas de minerai et de charbon. L'oiseau lui courut après, mais il était lourd, lourd. Alors il se mit à picoter le tas ; tous les minerais, tous les morceaux de charbon, il avala tout, tout, et il y en avait beaucoup, beaucoup.

Quand l'oiseau eut avalé le gros tas, l'enfant avait disparu. Il ne trouva sous le tas qu'un petit coffret qui brillait, qui brillait comme le soleil et qui éblouissait l'oiseau. Alors l'oiseau avala le coffret et s'endormit.

Il n'était pas encore rassasié, mais il était lourd, beaucoup trop lourd pour remonter dans son baobab ; c'est pourquoi il se coucha par terre et s'endormit lourdement.

Il dormait. Rien ne bougeait.

Grin-grin-grince ! Crac-cratacrac-grince !

C'était encore le petit enfant qui ouvrait le coffret.

L'enfant ouvre le coffret, il sort du coffret, il était dans le ventre de l'oiseau !

Il y faisait tout noir ! Alors, pour y voir clair, le petit enfant ouvre le ventre de l'oiseau. Sîîî ! Il lui ouvre le ventre avec un grand couteau. Sîîî ! L'ouvre avec un couteau pointu comme un dard. Il ouvre le ventre et tombe la tête en avant.

Il se fait une bosse au front.

Alors, il pleure.

Voici le petit enfant assis par terre, tout nu. Il est seul au monde. Il se frotte sa bosse et il pleure. Il pleure parce qu'il est seul au monde, qu'il s'ennuie et aussi parce que sa bosse lui fait mal.

Il entend des voix qui lui crient :
— Merci, ô roi !

Ce sont les bêtes et les choses qui sortent du ventre de l'oiseau. Il y a là les forêts, les montagnes, la lune, le lac, la plaine, le marigot, même les vieux pots cassés que l'oiseau avait mangés. Tous rentrèrent chez eux, en criant à l'enfant :
— Merci, ô roi !

Puis viennent les taureaux, les bœufs, les coqs,

les pintades, les chiens, les chats, les cases du village, les ustensiles de ménage ; tous sortent du ventre de l'oiseau, vont se remettre en place, en criant à l'enfant :

— Merci, ô roi !

Puis viennent les hommes, les vieux, les jeunes, les femmes, les enfants, les captifs, les guerriers, les bergers, les chasseurs, tous sont bien vivants, ils rient comme si rien ne s'était passé. Comme ils trouvent tout à la même place, ils rentrent chez eux sans rien dire à l'enfant.

Alors l'enfant dit, en voyant qu'on l'avait encore une fois oublié :

— Merci !

Et il se lève et rentre dans le ventre de l'oiseau.

Mais bientôt il en ressort avec mille et mille compagnons, tous plus brillants les uns que les autres et comme habillés de feu. Ils montent en l'air, ils tourbillonnent au soleil et viennent s'abattre sur le village pour tourmenter les hommes. Ce sont les peuples des mouches, des abeilles et des guêpes qui vivent de rien. Ils sont innombrables.

Leur roi, c'est ce tout petit enfant qui n'a pas encore un an.

On l'appelle le roi des Orphelins.

Son peuple est le peuple des Orphelins.

Et son pays est le pays des Orphelins.

Les Orphelins tourmentent beaucoup les hommes. C'est un ennui.

Possible-Impossible :

Ndiorô-ndiorô-ndiorô !

chante un petit oiseau, pas plus grand qu'un roitelet, en voltigeant dans les clairières et en attrapant les mouches, les abeilles, les guêpes pour en débarrasser les hommes :

Tiara-tiô !

C'est bon. C'est bon

Si tu coupes du bois dans la forêt, l'écho le répète.

Il y a un pays qu'on appelle l'Écho-l'Écho. Dans ce pays, il y a un terrain couvert de petite et de grande brousse. On le voit très bien de la piste des porteurs, avant d'arriver au village de Debout !-Debout ! tout près du fleuve de Glou-glou-coule-toujours, dans un bas-fond. Le fleuve est très profond à cet endroit et il y a quantité d'hippopotames et de crocodiles. La brousse y est épaisse avec de très grands arbres ; mais personne ne va jamais y chercher du bois, même pas du bois mort pour allumer le feu.

Si tu coupes du bois dans la forêt, l'écho le répète.
Fais bien attention.

Il monte tout à coup du fleuve ou sort d'un arbre !

Sauve-toi !

Un ancien porteur, qui avait beaucoup voyagé, il s'appelait Sabounyouma, décide un jour d'aller couper cette brousse pour y établir son champ et s'y fixer. Il s'écrie :

— Tiens, voilà un terrain qui n'appartient à personne ; je vais le remuer !

Les gens du village lui conseillèrent de n'en rien faire, mais, lui, déclare ne pas vouloir renoncer à son idée. Il prend sa hache et pénètre dans le taillis. C'est bon, c'est bon.

Il se met à débroussailler. Mais il n'a pas plus tôt entamé une liane que :

— Qui est-ce qui coupe ma brousse ? demande tout à coup la grosse voix de Guinnârou, de Guinnârou le roi des guinnés.

L'homme a très peur, mais il répond tranquillement :

— C'est moi, Sabounyouma ; je veux faire mon champ ici !

— Qui t'en a donné la permission ? reprend la grosse voix de Guinnârou, de Guinnârou le roi des guinnés.

— Personne, dit l'homme effrayé.

— C'est bon ! répond Guinnârou.

Et Guinnârou d'appeler ses guinnés pour donner un coup de main à Sabounyouma.

Cent cinquante guinnés arrivent en riant. Des mille-pattes et des mille-bras. En moins d'un jour tout a été débroussaillé.

Quand la brousse abattue est bien sèche, Sabounyouma va encore une fois dans ce terrain pour y mettre le feu. Il emporte du feu dans un petit pot, souffle dessus et pénètre dans le défrichement.

C'est bon. C'est bon.

Il commence à mettre le feu. Mais le feu n'a pas plus tôt atteint une vieille souche que :

— Qui est là ? demande tout à coup la grosse voix de Guinnârou, de Guinnârou le roi des guinnés.

L'hómme a très peur, mais il répond tranquillement :

— C'est moi, Sabounyouma ; je viens brûler la brousse qu'on a coupée l'autre jour !

— Qui t'en a donné la permission ? reprend la grosse voix de Guinnârou, de Guinnârou le roi des guinnés.

— Personne, dit l'homme effrayé.

— C'est bon ! répond Guinnârou.

Et Guinnârou d'appeler ses guinnés pour donner un coup de main à Sabounyouma.

Trois cents guinnés arrivent en riant. Des mille-z'yeux et des mille-souffles. En moins d'un jour tout a été brûlé !

Quand tout est brûlé, Sabounyouma rentre au village et il y reste jusqu'à l'hivernage. Aux bonnes gens qui lui conseillent de ne pas persévérer il déclare ne pas vouloir renoncer à son idée. Il attend la saison des pluies. Dès le lendemain de la première pluie, il va encore une fois dans ce terrain pour ensemencer son champ. Il porte une pleine jarre de mil sur sa tête et pénètre dans la clairière.

C'est bon. C'est bon.

Il se met à ensemencer son champ. Mais il n'a pas plus tôt enfoui un grain de mil dans le sol que :

— Qui est là ? demande tout à coup la grosse voix de Guinnârou, de Guinnârou le roi des guinnés.

L'homme a très peur, mais il répond tranquillement :

— C'est moi Sabounyouma ; je viens ensemencer le champ qu'on a préparé dernièrement !

— Qui t'en a donné la permission ? reprend la grosse voix de Guinnârou, de Guinnârou le roi des guinnés.

— Personne, dit l'homme effrayé.

— C'est bon ! répond Guinnârou.

Et Guinnârou d'appeler ses guinnés pour donner un coup de main à Sabounyouma.

Cinq cents guinnés arrivent en riant. Des mille-tarauds et des mille-tarières. En moins d'un jour tout a été ensemencé !

Une semaine se passe et Sabounyouma retourne encore une fois sur ce terrain pour arracher les mauvaises herbes. Il emporte sa grande houe « Dâba » avec soi et pénètre dans son champ.

C'est bon. C'est bon.

Il se met à sarcler son champ. Mais « Dâba » n'a pas plus tôt arraché une mauvaise herbe que :

— Qui est là ? demande tout à coup la grosse voix de Guinnârou, de Guinnârou le roi des guinnés.

L'homme a très peur, mais il répond tranquillement :

— C'est moi, Sabounyouma ; je viens désherber le champ qu'on a ensemencé l'autre fois !

— Qui t'en a donné la permission ? reprend la grosse voix de Guinnârou, de Guinnârou le roi des guinnés.

— Personne, dit l'homme effrayé.

— C'est bon ! répond Guinnârou.

Et Guinnârou d'appeler ses guinnés pour donner un coup de main à Sabounyouma.

Mille guinnés arrivent en riant. Des dix-mille-dents et cent-mille-mandibules. En moins d'un jour tout a été nettoyé.

Une lune se passe et le mil a poussé. Le moment est venu de le protéger contre les oiseaux, contre tous les oiseaux qui tombent du ciel et remontent de la terre par bandes criardes et affamées. On pousse des cris ; on leur lance des pierres, et tous les jours Sabounyouma apporte sa fronde et se met en devoir de chasser les oiseaux.

C'est bon. C'est bon.

Quand Sabounyouma va dans le terrain, il y va seul. Il laisse sa femme et son petit garçon au village. Un jour qu'il est malade, il y envoie son fils à sa place. Il lui dit :

— Tiens, voilà ma fronde. Quand tu pousseras des cris pour effrayer les oiseaux, tu entendras quelqu'un demander : « Qui est là ? » Réponds-lui : « C'est moi, le fils de Sabounyouma ! »

Il lui donne sa fronde et lui recommande encore :

— Et surtout ne t'avise pas de sucer des tiges de mil : sinon gare !

Le petit garçon s'en va seul au champ.

C'est bon. C'est bon.

Le petit garçon arrive seul au champ. Mais il n'a pas plus tôt déchargé sa fronde sur un oiseau que :

— Qui est là ? demande tout à coup la grosse voix de Guinnârou, de Guinnârou le roi des guinnés.

L'enfant n'a pas peur, il répond :

— C'est moi, le fils de Sabounyouma !

Alors Guinnârou appelle ses gens pour donner un coup de main à l'enfant.

C'est bon.

A midi, on laisse les oiseaux tranquilles. Tout le monde va se coucher pour aller prendre quelques instants de repos. Le fils de Sabounyouma en profite pour se glisser dans la plantation et cueillir des tiges de mil. Il les épluche, les casse et les mâche. Comme c'est sucré ! comme c'est bon ! Mais il n'a pas plus tôt sucé une tige que :

— Qui est là ? demande tout à coup la grosse voix de Guinnârou, de Guinnârou le roi des guinnés.

L'enfant n'a pas peur, il répond :

— C'est moi, le fils de Sabounyouma !

— Que fais-tu là ? reprend la grosse voix de Guinnârou, de Guinnârou le roi des guinnés.

— Je casse une tige de mil pour en sucer la sève, répond l'enfant.

Et il se remet à mâcher des tiges.

— Attends, je vais te donner un coup de main !

Alors Guinnârou appelle ses compagnons de jeu pour donner un coup de main à l'enfant.

Comme c'est sucré ! comme c'est bon ! quelle bombance ! Avant le soir tout a été mangé !

C'est bon.

Et voilà l'enfant qui n'ose plus rentrer au village ! A la nuit tombante son père vient le chercher.

Quand Sabounyouma arrive à son tour dans le champ et découvre que tout a été détruit, il se met en colère. Il empoigne son fils pour le frapper. Mais il n'a pas plus tôt donné une claque à son garçon que :

— Qui est là ? demande tout à coup la grosse voix de Guinnârou, de Guinnârou le roi des guinnés.

L'homme est en colère, il répond :

— C'est moi, Sabounyouma !

— Que fais-tu là ? reprend la grosse voix de Guinnârou, de Guinnârou le roi des guinnés.

— Je frappe mon fils parce qu'il a mangé tout mon champ de mil, répond Sabounyouma. Et il se remet à battre son fils.

Alors Guinnârou appelle ses compagnons de jeu pour donner un coup de main à Sabounyouma.

Comme on rit ! comme c'est bon ! quelle

partie ! Avant minuit l'enfant tombe mort sous les coups !

C'est bon.

Et voilà que Sabounyouma n'ose plus rentrer chez lui ! A la naissance du jour sa femme vient le chercher.

Quand la femme de Sabounyouma arrive à son tour dans le champ et découvre son fils mort, elle se met à pleurer. Elle se lamente et accuse son mari. Mais elle n'a pas plus tôt versé une larme que :

— Qui est là ? demande tout à coup la grosse voix de Guinnârou, de Guinnârou le roi des guinnés.

La femme est tout en larmes, elle répond :

— C'est moi, la femme de Sabounyouma !

— Que fais-tu là ? reprend la grosse voix de Guinnârou, de Guinnârou le roi des guinnés.

— Je pleure mon petit garçon parce que mon mari l'a tué, répond la femme de Sabounyouma. Et elle se remet à verser des larmes.

Alors Guinnârou appelle ses compagnons de jeu pour donner un coup de main à la femme de Sabounyouma.

Comme on pleure ! comme c'est bon ! quelle farce ! Avant l'aube la femme était emportée par le fleuve.

C'est bon.

Et voilà que maintenant Sabounyouma est tout seul, tout seul au monde. Il ne peut plus s'en aller. Un insecte le pique, il se gratte.

Mais il n'a pas plus tôt commencé à se gratter que :

— Qui est là ? demande tout à coup la grosse voix de Guinnârou, de Guinnârou le roi des guinnés.

L'homme a très peur, il répond en tremblant :

— C'est moi, Sabounyouma.

— Et que fais-tu là ? reprend la grosse voix de Guinnârou, de Guinnârou le roi des guinnés.

— Je me gratte parce qu'une bête m'a piqué, répond l'homme en claquant des dents.

— Et qui t'en a donné la permission ? demande Guinnârou menaçant.

— Personne ! crie l'homme, et il se met à courir.

— Attends, je vais te donner un coup de main !

Alors Guinnârou appelle ses gens pour aider Sabounyouma à se gratter. On lui gratte la peau ; on lui gratte la chair. Bientôt on l'a gratté jusqu'à l'os. Sabounyouma ne résiste pas, il tombe mort.

C'est bon. C'est bon.

Depuis, personne n'ose toucher à ce terrain-là. On ne va jamais y chercher du bois, même pas du bois mort pour allumer le feu. La brousse y est épaisse, avec de très grands arbres, et il y a des quantités d'hippopotames et de crocodiles. C'est dans un bas-fond. On le voit très bien de la piste des porteurs avant d'arriver au village. Debout ! Debout ! tout près du fleuve de Glouglou-coule-toujours, dans un pays qu'on appelle l'Écho-l'Écho, tout planté de petite et de grande brousse.

Si tu coupes du bois dans cette forêt. L'écho le répète.

Sauve-toi !

Pourquoi? Pourquoi?
ou Les aventures d'un tout petit poussin qui n'était pas encore venu au monde

Un arbre dit :

— Je vais aller me fixer dans la plaine.

— Aussitôt, il se mit en marche pour aller se fixer dans la plaine. Il quitta donc ses frères de la forêt pour aller se fixer seul dans la plaine. Il marchait sur le fin bout des pieds pour ne pas réveiller ses frères qu'il abandonnait et il tenait toutes ses branches sous son bras, comme on fait d'un fagot, pour ne pas faire le moindre petit bruit en s'en allant, même pas avec une toute petite branche, traînante ou pendante derrière lui.

Il n'eut pas plus tôt atteint le bord de la forêt que la grenouille qui veillait là cria à tue-tête :

— Petit frère Arbre, je te vois !

L'arbre s'arrêta net de frayeur. Il tremblait de toutes ses branches avec un grand bruit.

Alors la forêt se retourna dans son sommeil, poussa un gros soupir et dit, comme on parle en rêvant :

— Pourquoi ? Pourquoi ?

Puis tout rentra dans le plus profond silence.

Alors l'arbre se remit en marche en se dépêchant. Il n'osait pas encore courir, de peur de réveiller ses frères qu'il abandonnait ; mais il avançait déjà à grands pas, en balançant son bras et en faisant aller ses jambes, sans trop prendre garde aux branches qu'il laissait traîner et pendre derrière lui, car déjà il s'éloignait.

Il n'eut pas plus tôt atteint le bord du fleuve, qui était en marge de la forêt, que la grenouille, qui le suivait en sautant à croupetons, cria à tue-tête :

— Petit frère Arbre, je te vois !

L'arbre s'arrêta net de frayeur. Il tremblait de tous ses membres avec un grand bruit.

Alors la forêt se retourna dans son sommeil ; poussa un gros soupir et dit, comme on parle en rêvant :

— Pourquoi ? Pourquoi ?

Puis tout rentra dans le plus profond silence.

Alors l'arbre en profita pour enjamber le fleuve. Maintenant il courait de toutes ses forces, il courait dans la plaine qu'il avait choisie, sans plus craindre de réveiller ses frères qu'il abandonnait, tellement la forêt était déjà loin derrière lui. L'arbre était content de gambader dans la plaine, et il agitait et faisait craquer ses branches autour de lui.

Et quand la grenouille, qui le suivait avec acharnement, s'écria :

— Petit frère Arbre, je te vois !

L'arbre s'arrêta net, oui, mais non pas de frayeur. Il était arrivé. L'endroit était propice à s'y fixer. Il y plongea donc ses racines et, comme il était un peu essoufflé par la course qu'il venait de fournir, il s'étira, se secoua sur place, respira trois fois et finit par s'endormir debout tout en murmurant comme en rêve :

— Pourquoi ? Pourquoi ?

Puis tout rentra dans le plus profond silence.

Alors la grenouille joua un dernier air de flûte, alluma sa pipe, s'assit dans une touffe d'herbe et attendit toute la nuit pour voir ce qui allait arriver.

A l'aube, un grand arbre solitaire était debout dans la plaine. Jamais personne n'avait vu d'arbre à cet endroit-là. Jamais personne n'avait vu d'arbre aussi grand et aussi fort. Ses branches s'étendaient jusqu'à l'horizon tellement elles étaient fines et légères ; ses branches pendaient jusqu'à terre tellement elles étaient lourdes et touffues. Ah ! ce qu'il aurait fait bon vivre sous la protection de cet arbre ! Tous les animaux accoururent pour venir admirer cet arbre unique en son genre.

Donc, tous les animaux vinrent pour le contempler.

Son ombre était bien tentante, les uns voulaient aller s'y reposer ; mais entre ses racines poussait une fine herbe bleue, et les autres avaient grande envie de brouter cette herbe fleurie. Le lion dit :
— Je vois du miel, du miel !

En effet, entre les feuilles plates de l'arbre brillaient de gros fruits ronds et rebondis comme des calebasses débordantes de miel. Quelle aubaine !

Vite, le chacal courut à la maison chercher sa hache. Mais déjà la girafe s'était perchée sur les plus hautes branches et mangeait les plus beaux fruits. L'éléphant fouissait entre les racines pour renverser l'arbre. Le rhinocéros tirait sur une corde pour déraciner l'arbre. L'hippopotame était bien monté dans l'arbre, mais il était retombé par terre, où il gisait et gigotait avec ses courtes pattes comme un scarabée sur le dos ; il n'était plus bon à rien. Les mouches avaient apporté de grands couteaux avec lesquels elles entamaient tous les fruits.

Les oiseaux-trompettes, les pigeons-verts, les mange-mil, les passereaux, les tourterelles se gorgeaient de miel et en emportaient plein de petits pots chez eux, puis revenaient à tire-d'aile avec leurs femmes et leurs enfants et toutes les vieilles gens de leurs villages. Les fourmis et les termites buvaient le miel à pleine bouche comme si ce n'avait été que de la vulgaire bière fermentée : ils le buvaient, ils le renversaient, ils en répandaient partout. Il y avait une bête, que personne ne connaissait, qui mangeait toutes les feuilles de l'arbre, et une autre, celle-là était jaune et rouge, qui détachait l'écorce, la réduisait en poudre et s'en servait comme assaisonnement en dévorant l'arbre, ses fruits, ses plus gros fruits et aussi, par-ci par-là, une pincée de feuilles. Personne ne connaissait ces deux bêtes, mais personne n'y faisait attention, tellement chacun n'était occupé que de son propre estomac et pressé de se nourrir, de se gaver, de se remplir la panse jusqu'à non-faim, de se rassasier, pour toujours, par mille trous, mille entailles, mille déchirures faits à coups de griffes, à coups de cornes, à coups de sabots. Tous les animaux de la création s'étaient donné rendez-vous autour de l'arbre, et qui cassaient les branches, et qui broyaient les rameaux. Quand le chacal revint avec sa hache, il ne restait plus rien de l'arbre à miel.

Alors le chacal se mit en fureur et dit :

— Sauvez-vous, sauvez-vous !

Et il sautait à gauche en brandissant sa hache, et il sautait à droite en assénant de grands coups avec sa hache. Il avait la rage et il tua les animaux.

Alors la grenouille, qui était restée tout le temps dans sa touffe d'herbe pour voir ce qui allait arriver, cria tout à coup à tue-tête :

— Petit frère Chacal, je te vois !

Aussitôt le chacal se remit à sauter de tous les côtés, mais cette fois-ci en cherchant à mordre son ombre. Il avait le délire. Il tournait sur lui-même en gémissant, comme on gémit parfois quand on a le délire : Pourquoi ? Pourquoi ?

A la fin il détala à toutes jambes.

La grenouille se trouvait seule au monde, seule avec la *bête-que-personne-ne-connaît* et seule avec l'autre bête, *celle-là-qui-est-jaune-et-rouge*. Ce sont deux maîtresses-bêtes. Elles prirent la grenouille avec elles et toutes les trois partirent en voyage. Au bout du monde.

C'est encore la grenouille qui chante, qui joue de la flûte, qui fume la pipe, qui bavarde et qui raconte des histoires tout le long de la route. Elle dit comme ça :

— Il y avait autrefois énormément de nids

d'abeilles avec beaucoup de miel dedans. Il y en avait partout, le miel n'était pas rare, ce n'était pas une friandise et on n'était pas obligé de se battre et de se donner beaucoup de mal pour en avoir. Tout le monde en mangeait à satiété et, quand on en avait assez, on allait ailleurs et l'on mangeait autre chose, et tout le monde vivait en paix.

« Mais voilà, il y a des gloutons et il y a des bavards, et il y a ceux qui n'en ont jamais assez, il y a ceux qui sont stupides et il y a l'homme-qui-retourne-toujours-au-même-endroit.

« Cet homme était connu pour sa voracité.

« Quand il trouvait un nid d'abeilles, il mangeait tout, le miel, la cire et les abeilles, il ne pouvait pas s'arrêter, il mangeait jusqu'à l'arbre qui portait le nid. Et quand il avait tout mangé, il ne pouvait pas encore s'en aller, il dévorait les arbres des environs, et, quand il s'en allait, il revenait encore au même endroit voir s'il n'avait rien oublié. C'est pourquoi on l'appelait *l'homme-qui-retourne-toujours-au-même-endroit,* et il faisait de grands ravages dans la forêt, car il trouvait un nid où personne n'en avait jamais vu.

« Un jour, comme il abattait un arbre creux, il entendit brusquement une voix crier de l'intérieur de l'arbre :
« — Prends garde, tu me coupes !

« Il ouvrit prudemment l'arbre et il trouva une femme couchée dans le creux. Elle était fraîche et lisse, et toute parfumée, et elle lui souriait. Elle lui dit qu'elle s'appelait Outakounoua et qu'elle était le génie du miel.

« Comme elle était complètement nue, l'homme cueillit quelques grandes feuilles et lui en fit un pagne. Puis il lui demanda de devenir sa femme. Elle accepta aussitôt, à la condition expresse que jamais il ne prononcerait son nom d'Outakounoua qui signifie *l'ogresse-qui-est-dedans*.

« Ils vécurent longtemps ensemble et ils étaient heureux, surtout l'homme qui n'avait plus besoin de retourner toujours au même endroit et qui pouvait maintenant se reposer tout le long du jour. Sa femme lui donnait du miel en abondance, et non seulement elle lui donnait du miel à volonté, nuit et jour, sur un simple désir, mais encore elle fabriquait un excellent breuvage avec ce miel, un breuvage qu'elle brassait elle-même, un breuvage enivrant, si bien que *l'homme-qui-retourne-toujours-au-même-endroit* ne bougeait plus et restait couché dans son ivrognerie, car le pot que lui présentait sa femme ne désemplissait pas. L'homme avait beau boire, le pot était toujours plein, et si l'homme avait invité tous ses voisins pour venir boire avec lui, le pot ne se serait pas vidé pour si peu, au contraire, à lui seul il aurait enivré tout le monde, même le roi et ses ministres, si le roi et ses ministres avaient été parmi les invités !... Mais l'homme se gardait bien d'inviter personne ; il voulait vider son pot lui-même et en voir le fond, c'est pourquoi il n'avait jamais fini de boire de ce bon breuvage enivrant.

« Un beau jour il appela sa femme, et lui dit :

« Dis-moi donc, comment cela se fait-il que ce pot soit toujours plein, Outakounoua ?...

« A peine ce nom s'était-il échappé de sa bouche que sa femme s'envola en criant, comme on crie parfois quand on a peur :

« — Pourquoi ? Pourquoi ?

« L'homme se précipita en avant, étendit les bras pour la retenir, mais sa femme lui échappa et jamais, jamais plus on ne revit le génie du miel.

« Depuis, le miel est une friandise très rare. »

La grenouille et ses compagnes, la *bête-que-personne-ne-connaît*, et l'autre bête, *celle-là-qui-est-jaune-et-rouge,* arrivent au bout du monde. Mais elles ne sont pas encore au bout de leur voyage. Elles voyagent encore longtemps dans un endroit qui est sans sol, sans terre, sans un seul point d'appui pour y poser le pied, mais elles avancent quand même, seulement elles marchent sur du vent, en l'air, seulement elles marchent sur de l'eau, en l'air, et c'est bien épuisant.

Arrivées dans un lieu obscur, également en l'air, les deux bêtes ne vont pas plus loin, tellement elles sont fatiguées. Elles font un feu, se couchent, s'installent et, comme elles n'ont rien à manger, elles se mettent à compter à haute voix combien, mais combien elles ont pu faire de pas d'ici à là, de là à là-bas, et de là-bas au bout du monde ? Quant à vouloir compter leurs pas du bout du monde à l'endroit où elles sont maintenant assises, comment voulez-vous qu'elles y parviennent puisqu'elles n'ont pas laissé de traces et qu'elles ont voyagé en l'air, sans même pouvoir poser un pied ! Elles ont atteint le bout du monde ! Alors ces deux bêtes-là se sentent perdues et elles se mettent à pleurer, en se demandant, comme on s'interroge réciproquement quand on est perdu :

— Pourquoi ? Pourquoi ?

Si les deux maîtresses bêtes l'ont abandonnée, la grenouille ne se décourage pas. Elle est trop curieuse. Elle veut savoir ce qu'il y a plus loin. Elle fait encore un bond en avant et saute dans le noir, histoire de voir si elle va tomber quelque part.

Elle saute donc et elle tombe.

Elle tombe, elle tombe, elle dégringole, elle tombe, et c'est ainsi qu'elle arrive au pays de Mosikasika, du *petit-garçon-qui-n'était-pas-encore-venu-au-monde*.

C'est un pays qui se trouve derrière les lacs. D'un côté vivent toutes les femmes et, de l'autre côté, tous les bébés qui ne sont pas encore venus au monde. Les femmes rient et les petis bébés pleurent. Ils ne sont séparés que par les lacs.

Le premier lac est comme une étoffe de laine, mais c'est du miel.

Le deuxième lac est comme une étoffe blanche, mais c'est du miel.

Le troisième lac est comme une étoffe d'indigo, mais c'est du miel.

Le quatrième lac est comme une étoffe de toile, mais c'est du miel.

Le cinquième lac est comme une étoffe rayée, mais c'est du miel.

Le sixième lac est comme une étoffe bariolée, mais c'est du miel.

Le septième lac est comme une étoffe de soie rouge, mais c'est encore du miel.

Tout ce miel appartient à Chitoukouloumakoumba, *l'ogre-qui-demeure-au-fond*. Il a besoin de tous ces lacs, de toutes ces belles étoffes, car il ne supporte pas le soleil. Il ne mange pas son miel. Il vit au fond. Il s'en habille, car il ne supporte pas le soleil.

La grenouille ne pipe mot, mais elle pense :
— Pourquoi ? Pourquoi ?

Voici pourquoi.

— Ecoutez l'histoire.

— Que l'histoire vienne !

— L'histoire arrive, elle arrive de loin, on la tient de la grenouille perdue, irrémédiablement perdue, perdue au pays de Mosikasika, du *petit-garçon-qui-n'était-pas-encore-venu-au-monde* !

Avant que Mosikasika ne vînt au monde, sa mère dit à son mari :

— Homme, je ne veux plus manger !

La femme donc ne mangeait plus, ne buvait plus, ne s'habillait plus. Elle avait bien mauvaise mine et se taisait.

Comme elle ne parlait plus, son mari s'inquiéta et lui dit :

— Femme, es-tu malade ? que veux-tu ? pourquoi as-tu cessé de prendre de la nourriture ?

— Pourquoi ? pourquoi ? dit la femme en colère. C'est facile à demander ! Je veux... je veux...

— Et que veux-tu ? lui demande encore l'homme.

La femme dit :

— Je désire du miel sauvage ! Je désire de tout mon cœur du miel sauvage !

— Et où en trouverais-je, ô femme ? dit le mari.

Il part chercher du miel dans la forêt. Il en rapporte un peu à sa femme. Mais elle refuse d'en prendre en disant :

— Ce miel que tu as trouvé est plein d'abeilles mortes. Je n'en veux pas, je n'en veux pas. Je désire du miel sauvage. Je désire de tout mon cœur du miel sauvage, du miel pur !

L'homme retourne dans la forêt. Il cherche longtemps, il trouve encore du miel. Il en rapporte à sa femme. Mais elle refuse toujours d'en prendre, en disant :

— Cette fois, ce miel que tu me présentes est plein de fourmis. Je n'en veux pas, je n'en veux pas. Je désire du miel sauvage ! Je désire de tout mon cœur du miel sauvage, du miel pur, sans abeilles mortes, ni fourmis, ni bourdons !

L'homme retourne encore dans la forêt. Il cherche longtemps, longtemps, il trouve enfin un monceau de miel au sommet d'un arbre, il le rapporte à sa femme. Mais elle n'en veut pas, pour rien au monde, elle le refuse en disant :

— Celui-là ? non ! Il est plein de terre !

L'homme retourne dans la forêt. Il cherche de tous les côtés. Il arrive enfin au bord d'un lac qui contenait de l'eau sucrée. Il en puise, revient en courant et l'offre à sa femme. Sa femme l'accepte. Elle se réjouit, elle mange, elle boit de cette eau sucrée, puis elle s'habille, boit encore de cette eau sucrée, mange encore un morceau, et sort dans la cour s'occuper du repas de son homme. Elle écrase du riz, elle allume du feu, elle prépare le repas en chantant, tellement elle est heureuse. Elle a eu son miel.

Quand tout est prêt, elle entre dans la case avec le repas de son mari. Mais voici qu'elle le trouve couché. Il fait signe à sa femme et lui dit :

— Approche, maintenant c'est moi qui ne veux plus manger, c'est bien mon tour !

— Et que te manque-t-il ? lui demande sa femme.

L'homme dit :

— Tu m'as assez ennuyé avec ton miel, va me chercher quelque chose !

— Et que veux-tu ? lui demande sa femme.

— Je veux de l'eau ! qu'il répond.

— Rien que ça ? et la femme sort avec sa cruche pour aller en puiser dans la cour.

Elle rentre avec de l'eau, mais l'homme n'en veut pas. Il dit :

— Je n'en veux pas, je ne veux pas de l'eau dans laquelle coassent les grenouilles.

La femme sort. Elle va puiser de l'eau au marigot. Elle revient, mais l'homme n'en veut pas. Il dit :

— Je n'en veux pas. Tu l'as puisée dans une mare pleine de crapauds.

La femme sort. Elle va puiser de l'eau dans un étang, loin, bien loin du village. Elle revient une troisième fois avec de l'eau, mais l'homme n'en veut toujours pas. Il dit :

— Je n'en veux pas. Cette fois-ci tu l'as puisée dans un étang plein de roseaux.

La femme sort encore. Elle marche, elle marche. Elle s'en va bien loin et puise enfin de l'eau, bien loin, derrière la forêt, dans un marais qui était par là. Quand elle revient, son homme n'en veut pas. Il dit :

— Je n'en veux pas. Maintenant elle sent le roseau poilu. Je veux de l'eau qui n'ait aucun goût, de l'eau qui ne sente ni le roseau, ni le roseau poilu, ni le jonc, ni le crapaud, ni la grenouille, je veux de l'eau pure, toute pure !

La femme reprend sa cruche et repart.

Elle va si loin qu'elle se perd. Elle ne sait plus du tout où elle est. Elle a beau chercher, elle ne trouve rien. Enfin elle aperçoit un lac, elle y court.

Rien ne poussait dans ce lac, il n'y avait ni joncs, ni roseaux, ni roseaux poilus, il n'y avait pas une grenouille, pas un crapaud ; vite elle remplit sa cruche en la plongeant dans le lac. Elle la retire toute pleine et veut la porter sur sa tête, quand l'eau, toute l'eau se répand sur elle. Or, ce n'était pas de l'eau, c'était du miel. La femme en a senti le goût dans la bouche. Elle jette sa cruche, oublie son mari qui l'attend à la maison, se couche tout du long et boit, boit, boit, elle boit le lac tout entier.

Alors le génie du lac, Chitoukouloumakoumba, *l'ogre-qui-demeure-au-fond,* dit :

— Tiens ! voilà que je sens les rayons du soleil qui me transpercent les épaules ! Je fonds.

Il regarde et voit la femme qui était incapable de bouger tellement son corps était énorme d'avoir bu tout ce miel ; elle ne pouvait pas même marcher tellement elle était lourde d'avoir absorbé le lac tout entier.

Alors le génie du lac, Chitoukouloumakoumba, *l'ogre-qui-demeure-au-fond,* se précipita sur elle en criant :

— Ah ! espèce de femme ! il faut que je te mange !

Et il la mangea.

Pendant ce temps-là, le mari de cette femme

était resté couché à la maison. Il attendait sa femme et s'entêtait à ne pas vouloir manger, mais rien, rien du tout, tant que sa femme ne serait pas rentrée. Il finit par s'endormir en murmurant, comme on murmure en mourant de faim :

— Pourquoi ? Pourquoi ?

Voici pourquoi.

— Ecoutez l'histoire.

— Que l'histoire vienne !

— L'histoire arrive, elle arrive de loin, on la tient de la grenouille perdue, irrémédiablement perdue, perdue au pays de Mosikasika, du *petit-garçon-qui-n'était-pas-encore-venu-au-monde* !

Quand Mosikasika vint au monde c'était un tout petit poussin.

C'était un tout petit, petit poussin, mais il faisait déjà beaucoup d'embarras. Il n'aimait pas le miel.

Quand il vint au monde il était déjà orphelin.

Il dit :

— Mon père est mort de faim et le roi lui devait un grain de maïs !

Il décroche la gibecière de son père et se met aussitôt en route pour aller recouvrer cette créance.

Il n'a pas fait trois pas qu'il rencontre un morceau de bois qui le heurte et le fait tomber. Le petit poussin se relève et lui dit :

— Ah ! morceau de bois, tu étais là ? Vraiment, je ne t'avais pas vu !

— Où vas-tu ? lui demande le morceau de bois.

— Je vais, dit le petit poussin, recouvrer une créance de mon père.

— Allons-y ensemble, dit le morceau de bois.

— Allons-y.

Le petit poussin prend le morceau de bois et le met dans sa gibecière.

S'étant remis en route il rencontre un chat, qui lui dit :

— Ah ! voilà de la belle viande pour moi !

— Non, lui répond le petit poussin, je n'en vaux pas la peine !

— Et où vas-tu ? lui demande le chat.

— Je vais recouvrer une créance de mon père.

— Alors, allons-y ensemble, dit le chat, il y aura peut-être quelque chose de bon à manger.

— Peut-être !

Le petit poussin prend le chat et le met dans sa gibecière. Arrive une hyène qui lui dit :

— Où vas-tu avec ta gibecière ?

— Je vais recouvrer une créance de mon père, dit le petit poussin.

— Allons-y ensemble, dit l'hyène.

— Allons-y.

Le petit poussin prend l'hyène et la met dans

sa gibecière, puis il se remet en route. Il rencontre un lion.

— Où vas-tu ?

— Je vais recouvrer une créance de mon père.

— Allons-y ensemble, dit le lion.

— Allons-y !

Le petit poussin prend le lion et le met dans sa gibecière.

Il rencontre un éléphant qui mangeait des bananes. L'éléphant lui demande gentiment :

— Et où vas-tu petit poussin ?

— Je vais recouvrer une créance de mon père.

— Elle est grosse ? demande encore l'éléphant.

— Aussi grosse que toi, lui répond le petit poussin.

— Alors, partons ensemble, dit l'éléphant.

— Partons !

Le petit poussin prend l'éléphant et le met dans sa gibecière. Il repart et rencontre un guerrier qui lui dit :

— Où vas-tu avec cette gibecière si bien bourrée ?

Le petit poussin lui répond :

— Je vais recouvrer une créance de mon père.

— Chez qui ? demande encore le guerrier.

— Chez le roi ! lui répond le petit poussin.

— Alors, allons-y ensemble, dit le guerrier.

— Allons-y.

Le petit poussin prend le guerrier et le met dans sa gibecière.

Enfin, il arrive au village où se tenait le roi. Les habitants du village allèrent aussitôt prévenir le roi que le petit poussin était arrivé et qu'il venait recouvrer une créance de son père.

Le roi dit :

— Faites chauffer de l'eau et qu'on lui verse dessus de cette eau bouillante ; ainsi, il mourra et le village n'aura pas à payer la créance de son père.

La fille du roi se mit à crier :

— C'est moi qui veux le faire ! C'est moi qui veux le faire !

On fait chauffer de l'eau et la fille du roi s'en va trouver le petit poussin avec un pot d'eau bouillante sur la tête.

En la voyant venir, le petit poussin dit au morceau de bois :

— Morceau de bois, voici ton heure !

Il le sort de la gibecière et le pose à terre. Le morceau de bois heurte la jeune fille et la fait tomber. L'eau bouillante se répand sur elle et voici la fille du roi brûlée.

Les gens du village dirent alors :

— Il faut le mettre dans le poulailler avec les grosses poules ; elles le frapperont du bec jusqu'à ce qu'il meure.

Mais le petit poussin sort le chat de la gibecière et lui dit :

— Je te rends ta liberté.

Le chat tue toutes les poules, en choisit une bien grasse et s'enfuit avec sa proie.

Les gens disent :

— Qu'on le mette dans la case des chèvres, où il sera piétiné.

Ils voulaient absolument le faire mourir pour ne pas avoir à payer la créance de son père.

Le petit poussin dit :

— Hyène, je te rends ta liberté !

L'hyène tue toutes les chèvres, en choisit une bien grasse et se sauve avec sa proie.

On dit alors :

— Qu'on le mette dans l'enclos des bœufs.

Il y fut mis.

Mais le petit poussin dit :

— Lion, voici ton jour.

Le lion sort de la gibecière, massacre tous les bœufs, en choisit un bien gras et le dévore sur place.

Les gens du village étaient furieux. Ils disent :

Ce petit poussin est un insolent qui ne veut pas mourir. Nous allons l'enfermer avec les chameaux, ils le piétineront et le tueront.

Il fut enfermé. Mais le petit poussin dit :

— Mon bon, mon bon petit éléphant, sauve-moi la vie, c'est ton jour !

Et il sort l'éléphant de sa gibecière. L'éléphant regarde les chameaux, les défie, et les écrase tous, jusqu'au dernier.

Les habitants du village allèrent trouver le roi. Ils dirent :

— Ce petit poussin ne mourra pas ici ; donnons-lui ce qui est dû à son père et qu'il s'en aille ! Nous le rejoindrons dans la brousse, nous le tuerons et nous nous emparerons de son héritage.

Le roi fit ouvrir son trésor royal et l'on donna au petit poussin le grain de maïs qui lui était dû.

Et le petit poussin quitta ce village.

Alors tout le monde monta à cheval, même le roi, et on se lança à la poursuite du petit poussin.

Mais le petit poussin retire soigneusement le guerrier de sa gibecière et lui dit :

— Guerrier, voici ton heure. Fais voir combien tu es brave.

Le guerrier massacra tout le monde.

Le petit poussin retourne alors dans le village du roi, s'empare de son commandement et devient roi lui-même.

Voilà tout. C'est fini !

Pourquoi, ah ! pourquoi est-ce que la grenouille est une hâbleuse ?

Le vent

Au début de la saison sèche, vous voyez tous les oiseaux monter très haut en l'air. Ils tournent, ils virent, ils s'élancent, retombent, remontent, se poursuivent, infatigables, acharnés, déroutants. Tous les matins, ils se donnent rendez-vous au ciel, où ils évoluent par bandes, s'ébattent et jacassent à qui mieux mieux. Mais si vous y regardez de plus près, ce tourbillon d'ailes, de plumes et de cris assourdissants, qui vous ferait croire à une grande bataille agitée, ce ne sont pas les oiseaux qui en sont cause, c'est le vent, le vent qui les porte, le vent qui les lâche, le vent qui les souffle, les anime et les abat.

De même au ras du sol, cette chose qui passe en soulevant de la poussière, cette boule rapide de plumes frissonnantes, ce n'est pas l'autruche, c'est le vent.

Le vent.

Le vent habite au sommet d'une très haute montagne. Il habite dans une grotte. Mais il n'est pas souvent à la maison, car il ne tient pas en place. Il faut toujours qu'il sorte. Quand il y est, il donne de la voix et son antre retentit au loin comme le tonnerre.

Quand il reste par hasard deux, trois jours à la maison, il faut qu'il se donne de l'exercice. Il danse, gambade, saute sans raison ; il donne de grands coups d'ongle dans les silex, de grands coups de bec dans la roche, de grands coups d'aile dans sa porte, si bien que la terre en tremble au loin et que la montagne qu'il habite en est toute ravinée. Mais il ne faut pas croire qu'il est alors en courroux ou qu'il éprouve ses forces, non. Il s'amuse. Il joue. Tout simplement.

Il se donne tant d'exercice qu'il a toujours faim. C'est pourquoi il entre, il sort, retourne chez lui et repart. Mais il est encore plus irréfléchi que gourmand. Il s'envole au loin et rapporte une toute petite graine qu'il laisse choir avant d'être arrivé pour fondre sur une pierre brillante qu'il va déposer dans son aire. Chez lui, c'est plein de coquillages, de cailloux, de choses brillantes et inutiles, un vieux bout de fer, un miroir. Il n'y a rien à manger, rien de bon. Dehors, il croque un moucheron, entame une banane, déterre une racine de manioc, secoue les arbres sans ramasser les noix, saute des rizières dans les champs de millet, saccage le maïs, disperse les haricots et les fèves. Toujours distrait, mais l'œil allumé de convoitise, il lui arrive de grignoter à tout sans parvenir à se nourrir sérieusement. C'est pourquoi il a toujours faim.

C'est un être tellement écervelé que souvent il ne sait pas pourquoi il est sorti et qu'il oublie jusqu'à sa faim. Alors il se demande et dit :

— Pourquoi suis-je là en train de tourner en l'air ?

Et il se met en colère et ravage tout, les plantations et le reste, et il fait très peur aux hommes enfermés dans leur village. Quand il a réussi à renverser la grande paillote du chef, il est content et remonte très haut en l'air.

On dit alors qu'il plane.

L'eau se ride à peine.

Avez-vous remarqué que le vent n'a pas d'ombre, même pas quand il rôde autour du soleil, en plein midi ?

C'est bien un magicien.

C'est pourquoi il est changeant.

C'est le fils de la Lune et du Soleil.

Aussi ne dort-il jamais et l'on ne sait jamais quand il badine, muse ou se fâche.

A force d'aller et venir, de tourner et de s'en retourner mille et mille fois sur ses pas, rien ne pousse plus autour de son habitacle. Il n'y a que pierres, pierres, sables et pierres branlantes. C'est un affreux désert de chaleur et de soif, et encore de chaleur. C'est là que le vent s'ébat comme s'il y avait une nichée de petits. Mais il n'a pas de petits. Il vit tout seul. Et toutes ces empreintes dans le sable, les grandes et les petites, c'est le vent qui les a faites, soit en se posant sur ses pattes, soit en marchant sur le bout des ailes, et si vous tombez dans un trou, c'est encore le vent qui l'a fait, exprès, avec son bec. Cherchez le vent ! Vous le croyez sur une dune, il est dans une ravine ; vous le cherchez dans les vallonnements, il est sur une crête. Cherchez le vent ! Il se rit de vous dans chaque défilement, dans chaque ride, au loin et tout près derrière vous, il tourbillonne. Quelle est sa forme ? Si vous pistez des traces dans le sable, vous tombez sur la tortue. Mais le vent est dans la tortue. Il rit. C'est un tambour. Et si vous entendez dégringoler dans les pierres, ce n'est pas un lézard, c'est le vent, quoi, le vent.

Quand le vent a enfin trop chaud dans son pays, il s'en va au loin et se laisse tomber dans la mer. Vous croyez que ce sont les poissons qui sautent ? Non, c'est le vent. Une baleine ? Non, c'est le vent. Une pirogue qui chavire ? Non, c'est le vent. Des baigneurs ? Non, c'est le vent. Un nuage ?

> *Voici la pluie ! Voici la pluie !*
> *La saison sèche est bien finie !*

Et c'est encore le vent !
Merci, vent.

table

Achevé d'imprimer
le 1er Août 1986
sur les presses de
l'Imprimerie Hérissey
à Évreux (Eure)

N° d'imprimeur : 40571
Dépôt légal : Août 1986
1er dépôt légal dans la même collection : Juin 1978
Publié précédemment par les éditions Denöl : ISBN 2-207-22809-6
ISBN 2-07-033055-9

Imprimé en France

38635